martine

a perdu son chien

d'après les albums de Gilbert Delahaye et Marcel Marlier

– Les enfants, si vous alliez jouer dehors ? gronde gentiment le facteur.

– Vous avez raison, dit Martine. Il fait magnifique, jouons aux Indiens !

– Je suis Bison l'Intrépide, dit Jean.

– Et moi, Œil de Lynx, ajoute Martine.

Même Patapouf est de la partie : il se prend pour un cheval au galop ! Attention aux cow-boys !

Soudain, un vacarme se fait entendre : ce sont les chats du voisinage qui se bagarrent.

Patapouf se lance à leur poursuite sur le chantier.

– Reviens tout de suite ! crie Martine en courant derrière lui.

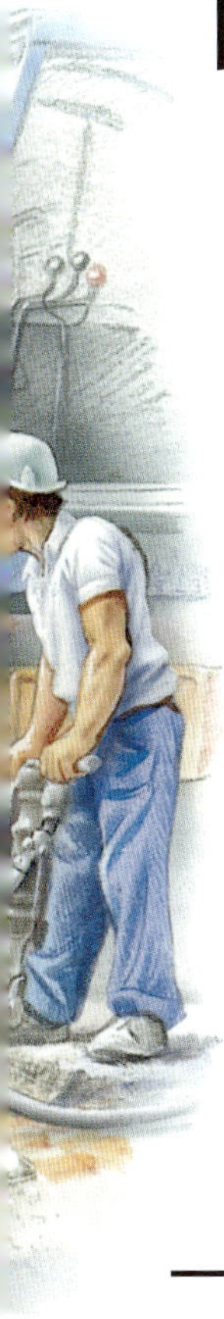

– Attention les enfants !
Ne restez pas ici,
c'est dangereux.
Le temps d'éviter la grue
et... plus de chats, plus
de Patapouf. !
– Avez-vous vu mon
chien ? demande Martine.
– Il est parti par là, dit
un ouvrier en levant le bras.

Mais par là, ce sont
les avenues, les boulevards,
les voitures, les bus,
les carrefours.

– Comment va-t-on
le retrouver dans cette cohue ?
demande Jean, inquiet.

Les Indiens font le tour de la ville, et interrogent tous les passants qu'ils croisent.

Même l'agent de quartier
n'a pas vu Patapouf.

– Allons sur la place du Marché aux puces, s'exclame Martine. Il adore l'animation de ce lieu. Je suis sûre qu'il est là-bas !

Malheureusement,
pas de trace de Patapouf...

Patapouf a couru sans s'arrêter. Le voilà maintenant dans un quartier où il ne connaît personne. Un gentil monsieur lui demande :

– Où cours-tu comme ça, mon ami ?

Patapouf s'est vraiment égaré.

Les enfants sont épuisés. Martine a dû enlever ses chaussures, car elle ne pouvait plus courir.

– Nous ne le retrouverons jamais, dit-elle avec des sanglots dans la voix.

– Il ne faut pas abandonner, dit Jean. Allons voir dans le métro.
Il y a trop d'escaliers, trop de gens, Patapouf n'aurait sûrement pas aimé ça !

Sortie
VERS RUE
Tickets

À la terrasse d'un café,
une dame leur dit :
– J'ai vu un petit chien roux
boire à la fontaine.
Mais, c'était il y a pas mal
de temps, déjà !

Martine reprend espoir.
Mais à la fontaine, aucun chien n'est en vue.

– Il faut renoncer, dit Jean. Nous sommes trop loin de chez nous !

– Prenons le bus, propose Martine très fatiguée.

– Il me reste un peu de monnaie, dit Jean en cherchant dans ses poches.

– Où étiez-vous passés ?
s'exclame papa.
Nous avons eu peur !
Les enfants expliquent
la disparition du chien,
et papa les rassure.
– Il va revenir,
j'en suis certain.

Le soir venu, Martine ne peut s'empêcher de pleurer en observant la grande ville sous la fenêtre.

– C'est immense, dit-elle, Patapouf ne pourra jamais s'y retrouver !

Soudain, on sonne
à la porte.
– Voici votre chien, dit
l'agent de quartier.
Mettez-lui un collier avec
votre adresse !
Patapouf se jette dans
les bras de sa maîtresse.
Quelle joie de se retrouver !

http://www.casterman.com
D'après les personnages créés par Gilbert Delahaye et Marcel Marlier / Léaucour Création.
Imprimé en Chine. Dépôt légal : août 2009 ; D. 2009/0053/288.
Déposé au ministère de la Justice, Paris (loi n° 49.956 du 16 juillet 1949
sur les publications destinées à la jeunesse).
ISBN 978-2-203-02423-6